EL BARCO
DE VAPOR

El País de los Relojes

Ana Alonso

Ilustraciones de Claudia Ranucci

sm

fundación sm

La Fundación SM destina los beneficios de las empresas SM a programas culturales y educativos, con especial atención a los colectivos más desfavorecidos.

Si quieres saber más sobre los programas de la Fundación SM, entra en
www.fundacion-sm.org

LITERATURA**SM**•COM

Agradecemos a los alumnos de Educación Primaria del Colegio Sagrado Corazón de Chamartín, en Madrid, la lectura y validación del texto.

Primera edición: septiembre de 2018

Gerencia editorial: Gabriel Brandariz
Coordinación editorial: Iria Torres
Coordinación gráfica: Lara Peces
Adaptación y edición del texto: María José Sanz y María San Román

© del texto: Ana Alonso, 2018
© de las ilustraciones: Claudia Ranucci, 2018
© Logo de lectura fácil: Inclusion Europe.
  Más información en www.easy-to-read.eu/european-logo
© Ediciones SM, 2018
  Impresores, 2
  Parque Empresarial Prado del Espino
  28660 Boadilla del Monte (Madrid)
  www.grupo-sm.com

ATENCIÓN AL CLIENTE
Tel.: 902 121 323 / 912 080 403
e-mail: clientes@grupo-sm.com

ISBN: 978-84-9107-340-6
Depósito legal: M-2282-2018
Impreso en la UE / *Printed in EU*

Al colegio Picasso de Alcázar de San Juan.
Mi hijo ha estado 9 cursos con vosotros
y le habéis enseñado a no ponerse límites,
a quererse a sí mismo
y a comprender a los demás.

ÍNDICE

1

EL RELOJ DE LA BIBLIOTECA

Para Emma, lo mejor del colegio son los recreos.
En eso se parece a casi todos sus compañeros.
Pero ella no utiliza los recreos para jugar al fútbol,
tampoco para charlar con sus amigas.

La verdad es que no tiene muchas amigas en clase.
Bueno, la verdad es que no tiene amigas.
Emma no tiene amigas porque no quiere perder
el tiempo con otras chicas.

Sus compañeras de clase saben menos que ella.
¿Para qué va a jugar con ellas?
Saben menos de mates, de inglés, de naturales.
No leen libros largos, no juegan al ajedrez,
no tocan el piano y tampoco van a clase de pintura.
En resumen, ¡son muy diferentes!
Por eso, Emma se aburre con ellas.

A Emma le gustan los recreos, sí,
pero no le gusta salir al patio.
Aprovecha el recreo para refugiarse en la biblioteca.

Allí se siente como en casa.
Los libros le hacen sentir segura.
Le gustan sus títulos, sus colores, hasta su olor.
Le encanta buscar en las estanterías
los libros más interesantes para sus investigaciones.

Ahora Emma está investigando
sobre los antiguos romanos.

¡En la biblioteca ha encontrado 7 libros sobre el tema!
Uno tiene muchos dibujos y trata, sobre todo,
de armas y batallas.
Otro libro es una colección de leyendas
sobre los dioses romanos.
Y otro trata sobre los inventos de los romanos.
Por ejemplo, las piscinas climatizadas,
que se llamaban termas.
O los acueductos, que eran como puentes gigantes
de varios pisos, para llevar agua de un sitio a otro.

Emma es muy buena investigando.
Primero, saca información de los libros.
Luego, la mezcla y la organiza en distintos apartados.
Después, hace algunos dibujos.
Y, para terminar, combina los dibujos y la información
en un mural o en una presentación digital.

Hoy es martes.
En el recreo, Emma se ha comido a toda prisa
el bocadillo de queso que le ha preparado su padre.
Por eso ya lleva más de 10 minutos en la biblioteca.
Está leyendo el libro de las leyendas romanas
y va apuntando cosas en un cuaderno.
La biblioteca está muy tranquila.

Como hoy brilla el sol,
todos los niños han salido al patio para correr,
jugar, charlar y descansar.
¡Esos son los días perfectos para Emma!
Cuando tiene la biblioteca para ella sola.
Así puede concentrarse mejor.

Emma está superconcentrada
leyendo una historia de Roma
sobre 2 hermanos gemelos y una loba
que era como su madre.

De repente, alguien abre la puerta de golpe,
entra en la biblioteca
y luego la vuelve a cerrar de un portazo.
Emma levanta la vista del libro,
enfadada por el ruido,
y ve a Marcos, un compañero de clase.
Marcos está casi sin respiración,
parece que ha venido corriendo.

Justo después de cerrar la puerta,
Marcos la vuelve a abrir, pero solo un poquito.
Se asoma al pasillo a ver si viene alguien,
pero en el pasillo no se oyen pasos.
Marcos cierra otra vez la puerta, más calmado.

Entonces nota que Emma le está mirando
con cara de enfado.

Emma   —¿Qué haces aquí, Marcos?
                A ti no te gusta venir a la biblioteca.
                Odias los libros.
                No te gusta leer ni estudiar.

Marcos   —Eso no es verdad.
                Me gustan algunos libros.
                Los de dinosaurios. Y los de ballenas.
                También los de monstruos.
                Esos sobre todo.

Emma   —Ya. ¿Y has venido a buscar un libro
                sobre monstruos?

Marcos   —No. He venido a esconderme.
                La profesora Mar me está buscando.

Emma   —¿Y por qué te está buscando?

Marcos   —Para llevarme al despacho
                de la directora. ¡Me van a castigar!
                Pero yo no he hecho nada.

Marcos y Emma siguen discutiendo en la biblioteca.

Emma —Si te quieren castigar,
es porque has hecho algo malo.

Marcos —¡Que no! Yo solo he hecho
un marcapáginas.

Emma —¿Y por eso te quieren castigar?
Es imposible, Marcos.
A la profe Mar le encanta
que hagamos marcapáginas.

Marcos —Sí, pero no le ha gustado
mi forma de hacerlo.

Emma —¿Por qué?

Marcos —Porque para hacer el marcapáginas
he arrancado un trozo de la portada
de un libro de clase.
Estaba doblado hacia dentro
y parecía que sobraba.

Emma —¡Marcos! ¡Es horrible!
Eso es la solapa del libro.
¿De verdad que has arrancado ese trozo?

Se oyen pasos por el pasillo que va a la biblioteca.
Marcos mira a su alrededor, muy nervioso.
Sus ojos se fijan en un antiguo reloj de péndulo
que hay en la pared del fondo.
Se queda mirándolo como hipnotizado.

Los pasos se paran justo en la puerta de la biblioteca.
Se oyen 2 voces, son Mar y la directora.
Parece que están discutiendo.

Marcos —Tengo que irme
antes de que me encuentren.

Emma —No puedes.
¿Es que quieres salir por la ventana?
Si sales por la puerta, te van a ver.

Marcos sigue mirando fijamente el reloj.

Marcos —Hay otra salida. Es por ahí.

Y señala al reloj de péndulo.
Emma le mira asombrada.

Emma —Estás loco, Marcos.
¡Eso no es una puerta! ¡Es un reloj!
¿Qué vas a hacer? ¿Meterte dentro?
Es muy pequeño, no cabes.

Marcos —No es solo un reloj.
También es una puerta.
¿Es que no lo ves?

Emma —No, no lo veo. Solo veo un reloj.

Marcos —Pues entonces es que no sabes mirar.
Si entra Mar,
no le digas que me has visto.

Marcos se acerca al reloj de péndulo,
abre la puertecilla de cristal
y agarra el péndulo dorado.
Entonces pasa una cosa rarísima.
Es como si el reloj se tragara a Marcos.
De pronto, ¡zas! Ha desaparecido.

2
RELOJES Y MÁS RELOJES

Justo en el momento en que Marcos desaparece,
se abre la puerta de la biblioteca.
Entran la profe Mar y la directora.
Miran a su alrededor como buscando algo.

Después, las 2 miran a Emma.

Mar —Hola, Emma. ¿Has visto a Marcos?

Emma —¿Marcos? ¿Qué Marcos?

Mar —Pues el único Marcos de tu clase.
¿Por qué me haces esa pregunta?

Emma —No sé. Por si acaso era otro Marcos.

Directora —Pero ¿lo has visto o no lo has visto?

Emma —¿A Marcos? No, no lo he visto.

Mar —Te estás poniendo como un tomate.
¿Qué te pasa, Emma?
¡No estarás mintiendo!

Emma nunca miente. Bueno, casi nunca.
No le gusta mentir.
Por eso, cuando Mar le dice eso,
no sabe qué contestar.

Por suerte, Emma no tiene que contestar nada
porque la directora tiene mucha prisa.

Directora —Estamos perdiendo el tiempo.
Está claro que Marcos no está aquí.
Se habrá escondido en los servicios.
Vamos a buscarlo.

Mar no parece muy convencida.
Mira fijamente a Emma.
Está esperando a que le cuente algo.
Pero Emma se queda en silencio.
Cuando la directora sale de la biblioteca,
Mar va detrás.
Sus pasos se alejan por el pasillo.

Emma respira hondo. Ya está más tranquila.
Se siente descontenta con ella misma.
¿Por qué ha mentido? ¿Para ayudar a Marcos?

¡Pero Marcos ni siquiera es su amigo!
Y además, Marcos ha desaparecido.
¡Ha desaparecido dentro de un reloj!

Silencio, por favor.

Emma se acerca despacio al reloj de péndulo.
Parece un reloj normal y corriente.

Es un reloj antiguo, eso sí.
Es de madera rojiza.
La esfera de los números es blanca,
y los números y las agujas son negros.
En la parte de abajo tiene una puerta de cristal,
y detrás de ella brilla un péndulo dorado.

El péndulo se mueve de un lado a otro,
siempre al mismo ritmo,
marcando los segundos.
Tic, tac. Tic, tac...
Emma se queda embobada mientras lo mira.
Y de repente, sin saber por qué,
estira el brazo y abre la puertecilla de cristal.
Necesita tocar el péndulo.

En cuanto lo toca,
se da cuenta de que ha sido un error.
La mano se le queda pegada al péndulo,
y nota una fuerza que le lleva hacia adentro del reloj.
¡El reloj se la está tragando!

A Emma le entra pánico.
¿Estará vivo el reloj?
¿Será un monstruo disfrazado de reloj?
¿Un monstruo que se la va a tragar?
No, eso es una tontería. Y Emma lo sabe.

Pero entonces, ¿qué está pasando?
De pronto, la caja del reloj parece
una habitación oscura, sin puertas ni ventanas.
Es una habitación cuadrada,
ni muy grande ni muy pequeña.
Y justo en el centro se encuentra el péndulo dorado,
que ahora parece enorme.
El péndulo se sigue moviendo de un lado al otro,
siempre al mismo ritmo, sin parar. Tic, tac. Tic, tac.

Emma se acerca al péndulo, un poco asustada,
y descubre algo que antes no había visto.
El péndulo es también una escalera,
una escalera como las que usan los pintores
para pintar los techos y la parte alta de las paredes.
Qué curioso. ¡Parece una escalera de oro!

Emma decide subir por la escalera.
Cuando el péndulo pasa por delante de ella,
se agarra a él con las dos manos,
pone los pies en el primer escalón
y empieza a subir.

Es bastante difícil subir por la escalera
porque el péndulo se mueve de un lado a otro.
Se agarra fuerte con las 2 manos para no caerse.
Emma sube despacio, escalón a escalón.
Cuando mira arriba, no ve el final del péndulo.
¡Parece infinito!

Pero Emma sigue subiendo, y subiendo, y subiendo.

Cuando vuelve a mirar hacia arriba,
ve un círculo de cielo azul.
Cuanto más alto sube, más grande se hace el círculo.
Hasta que, por fin, la escalera-péndulo termina
y Emma llega a una especie de balcón.

Lo que se ve desde allí la deja asombrada.
Hay varios relojes gigantes, grandes como edificios.
Uno es un reloj de bolsillo gigante,
otro parece un despertador antiguo,
y el tercero es un reloj de cuco.

Todos son enormes.

Pero el que más le llama la atención a Emma
es el cuarto reloj.
Está en una torre, es de madera
y tiene un paisaje pintado alrededor,
un paisaje con sus montañas y sus árboles.

Mientras lo está mirando,
el reloj empieza a dar las campanadas.
Entonces se oye un ruido de máquinas.
En la montaña del reloj hay un túnel
por el que sale un tren de juguete.

Emma se queda con la boca abierta
porque en uno de los vagones va Marcos,
que la saluda con la mano.

Marcos —¡Sube, Emma!
        ¡Esto es muy divertido!

Emma   —¿Qué haces ahí, Marcos?
        ¡Tienes que bajar! ¡Te están buscando!

Marcos —No pienso bajar.
        Este tren va a la capital
        del País de los Relojes,
        que se llama Cronia.

Emma   —Pero ¿qué dices?
        ¡Es un tren de juguete!
        ¡No va a ninguna parte!

Marcos —¿Qué pasa? ¿Tienes miedo de subir?

La verdad es que Emma tiene un poco de miedo.
Pero no quiere que se le note.

El tren se mete por otro túnel.
Emma se queda esperando hasta que vuelve a salir.
Marcos la saluda de nuevo con una gran sonrisa.

Marcos	—¡Vamos, sube! Cuando terminen las campanadas, el tren se irá. ¡Lo vas a perder!
Emma	—No puedo subir al tren desde aquí.
Marcos	—Sí puedes. Este es un país mágico. Solo tienes que pensar que ya estás en el tren. Tienes que cerrar los ojos e imaginarlo. ¡No es tan difícil!

Emma cierra los ojos y se imagina
que está dentro del tren, sentada al lado de Marcos.
Entonces, su cuerpo empieza a flotar en el aire.

Y sube, y sube...
Y luego deja de subir,
y baja, y baja...

De pronto, el culo de Emma choca con algo duro
y se da cuenta de que está sentada en el tren
al lado de Marcos.
Justo como se lo había imaginado.

3
LA PASTORA QUE DA LA HORA

Las campanadas dejan de sonar
y las vías del tren cambian.
Ya no forman un círculo ni pasan por los túneles.
Ahora forman una línea recta, muy recta,
que va hacia unas lejanas montañas azules.

El tren avanza muy deprisa. Es un tren antiguo,
y la máquina suelta un humo blanco
que en realidad es vapor.
Es increíble lo rápido que va.
Emma ve pasar los árboles a toda velocidad,
parece que corren hacia atrás.
Pero los árboles están quietos.
Es el tren el que corre hacia delante.

Poco a poco, Emma se va tranquilizando.
Gira la cabeza y mira a Marcos, que sonríe feliz
como si estuviese en un parque de atracciones.

Emma —Oye, Marcos, esto puede ser peligroso.
Estamos en un país dentro de un reloj.
Es muy raro. ¿No tienes miedo?

Marcos —Un poco sí. Solo un poco.
Como cuando ves una película de terror.

Emma	—A mí no me dejan ver películas de terror.
Marcos	—A mí tampoco me dejan. Pero me imagino cómo son. Y me imagino que dan un poco de miedo.

El tren disminuye la velocidad
y se detiene en una estación
que tiene los andenes de color rojo brillante
y las puertas verdes.
Marcos baja del tren muy decidido.
Emma también se baja,
no quiere quedarse sola en ese extraño tren.

El tren vuelve a arrancar con mucho ruido.
Enseguida lo ven alejarse.
Emma y Marcos salen de la estación
y se encuentran en una plaza de casitas blancas
con tejados azules.
En el centro de la plaza hay un gran reloj de porcelana.
Y encima del reloj, una muchacha vestida
con un traje largo y elegante y rodeada de ovejas.
La pastora y las ovejas también son de porcelana.
En la plaza hay varias personas
que miran a la pastora de lejos con cara de susto.
Son unas personas muy extrañas,
hechas de madera y con las caras pintadas de oro.
Se mueven como robots y hablan en susurros.

Marcos va muy decidido hacia la pastora
y le grita desde abajo.

Marcos   —Hola, pastora.
                  ¿En qué pueblo estamos?

Pastora   —Son las 3 horas.

Marcos y Emma miran la esfera del reloj.
Es verdad, la pastora tiene razón,
el reloj marca las 3 horas.

Marcos   —Gracias por la información.
                  Venimos de la estación.
                  ¿Hay un parque por aquí,
                  o algún cine, o un teatro?

Pastora   —Ahora son las 3 horas y 6 minutos.

Marcos y Emma miran otra vez el reloj.
Pues sí, ahora marca las 3 horas y 6 minutos.
¡Qué deprisa pasa el tiempo en este pueblo!
Es un poco raro.

Emma   —No nos importa la hora,
                  queremos ver la ciudad.
                  ¿Qué es lo mejor que tenéis?

Pastora   —Ahora son las 3 horas y 8 minutos.

Emma y Marcos se miran.

Marcos —Esta pastora solo dice la hora.

Emma —Claro, ¡ya lo entiendo!
Solo dice la hora porque es un reloj.
Es una pastora-reloj.

Marcos —Tendremos que buscar a alguien más
para preguntarle cosas sobre el pueblo.

Marcos señala a una pareja de personas de madera
que conversan moviendo las manos como robots.
Pero antes de que puedan llegar hasta ellos,
un montón de hombres invaden la plaza.
Llevan trajes negros y corbatas azules.
¿De dónde han salido? Es imposible saberlo.
Parecen muy serios y enfadados,
y todos caminan hacia ellos
y hacia la pastora que da la hora.

La cara de la pastora cambia, está asustada.

Pastora —¡Los Exactos!
¡Vienen a por mí!

Exacto 1 —Sí, venimos a por ti, Pastora.
¡Vas con retraso!
Ahora son las 3 horas y 12 minutos.
y tu reloj marca las 3 horas y 10 minutos.
¡Estás estropeada!
¡Tenemos que pararte!

Pastora   —¡Ya sé que estoy estropeada!
                Pero no es culpa mía.
                ¡Es culpa de Pensamiento!
                Esa chica estuvo aquí,
                me contó sus sueños y sus fantasías.
                Y no sé qué pasó con mi mecanismo,
                pero se averió.

Exacto 2   —Pues si estás estropeada,
                tenemos que pararte
                hasta que lleguen los 3 relojeros.

La pastora mira a Emma y a Marcos.
Tiene lágrimas de porcelana en la cara.

Pastora   —Pero si los relojeros ya están aquí.
                ¡Son estos 2 niños!
                Ellos me van a arreglar.
                Por eso les estaba diciendo la hora,
                para que me arreglen.

Emma   —Creo que aquí hay una equivocación.
                Nosotros no somos relojeros,
                somos turistas.
                Y ahora nos tenemos que ir.
                Vamos a coger el tren.

Justo en ese momento,
se oye el silbido de un tren
que llega a la estación.
Marcos y Emma corren hacia el andén.
En cuanto el tren se para, se suben a un vagón
y el tren se pone en marcha.
Emma mira a Marcos y resopla aliviada.

Emma —¡Uf! Hemos escapado por los pelos.

Marcos —¿Crees que esos hombres son peligrosos?

Emma —No lo sé. No sé si son peligrosos o no.
Pero nos miraban de una forma
que daba miedo.
Prefiero alejarme de ellos
y no volverlos a ver nunca.

● 4

LA SIRENA DEL RELOJ DE ARENA

El tren continúa su camino hacia las Montañas Azules.
Emma no mira por la ventanilla. Está preocupada.

Emma —Esos tipos, los Exactos, no me gustan.
Y no entiendo este país.
Las personas parecen de madera,
hay relojes por todas partes,
pero están estropeados,
¡y la pastora cree que somos relojeros!

Marcos —¿Oíste a la pastora?
Dijo que estaba estropeada por culpa
de una chica que se llama Pensamiento.
¡Qué nombre más raro para una persona!

Emma —Sí, es un nombre muy extraño.
La pastora dijo que Pensamiento
la había estropeado
con sueños y fantasías. No lo entiendo.
¡Los relojes no se estropean con sueños!

Marcos —En nuestro país eso no pasa,
pero este país es diferente.
Mira, estamos llegando a otra estación.
¿Nos bajamos del tren?

El tren se detiene en la estación
y Emma y Marcos se bajan.
La estación está a la orilla del mar,
en medio de una playa con palmeras.
La playa está vacía, no hay gente,
solo una barca que se balancea sobre las olas.

Marcos   —Vamos a montarnos en esa barca.

Emma   —¡No, Marcos! Puede ser peligroso.
             Yo no subo.

Marcos   —Pues yo sí.
             Espérame aquí si quieres.

Marcos se sube a la barca muy decidido.
El motor se pone en marcha solo.
Emma se lo piensa mejor y corre hacia la barca.
Se monta justo a tiempo,
antes de que la barca salga disparada,
deslizándose a toda velocidad sobre las olas.

Emma se agarra al asiento de madera.
La barca va muy deprisa, saltando sobre el agua.
La espuma salpica las caras de los 2 amigos.

De pronto, Emma y Marcos oyen unos gritos.
Alguien está pidiendo socorro.
Entonces ven un reloj de arena gigante
que flota a lo lejos, en el mar.

La barca navega sola hacia el reloj de arena.
Cuando llega junto a él, se para.
Marcos y Emma ven una escalera de cuerda
que sube hasta la parte de arriba del reloj.

Y también ven otra cosa:
dentro del reloj de arena hay arena, claro,
pero también hay una sirena,
¡una sirena de verdad!
Está atascada en la parte más estrecha del reloj.
¡Ella era quien pedía socorro!

Emma   —Tenemos que ayudar a esa sirena.
Subiremos por la escalera de cuerda
y la rescataremos.

Marcos   —Bueno, aunque a mí esa escalera
no me gusta, me da vértigo.
Pero tienes razón. Hay que ayudarla.

Emma sube por la escalera de cuerda
y Marcos va detrás.
En un momento llegan arriba.
Se sientan en el borde del reloj y miran dentro de él.
La sirena los ha visto.

Sirena   —Ayudadme. Estaba tomando el sol
y me he quedado atrapada
porque la arena del reloj
baja muy deprisa.
¡El reloj está estropeado!

Marcos —Pero ¿por que estabas tomando el sol dentro del reloj?

Sirena —Porque soy la sirena del reloj de arena.
El reloj es mi casa.
Yo estoy casi siempre nadando en el mar,
pero cuando quiero descansar,
me meto en el reloj
y me tumbo en la arena.
Como la arena cae muy despacio,
me da tiempo a dormir la siesta.
Luego me despierto, salgo del reloj
y vuelvo al mar.
Pero hoy no me ha dado tiempo.
¡La arena cae muy rápido!
Es por culpa de Pensamiento.

Emma —¿Quién es Pensamiento?

Sirena —Una chica muy rara.
Es diferente de todos nosotros,
los habitantes del País de los Relojes.
Ella siempre está soñando,
imaginando aventuras y cuentos.
Y eso es muy malo para los relojes
porque los estropea.

Marcos —No lo entiendo.
¿Por qué la imaginación
estropea los relojes?

Sirena —Porque el tiempo de la imaginación
no es como el tiempo de los relojes.
A veces es más rápido,
y a veces, más lento.
Es un tiempo que solo existe dentro de ti,
y eso a los relojes no les gusta.
Prefieren que utilices el tiempo de fuera,
que es el suyo, el de los relojes.

Marcos —Pues es una pena,
porque imaginar cosas es maravilloso.
¡Pobre Pensamiento!

Sirena —¿Pobre Pensamiento?
No. ¡Pobre de mí!
Tenéis que ayudarme a salir de aquí.
¿Me lanzáis la escalera?

Emma enrolla la escalera que han usado al subir.
Después, la desenrolla dentro del reloj
y agarra desde un extremo.

La escalera llega hasta la sirena,
que empieza a trepar por ella.
Pero no parece acostumbrada a hacer ejercicio,
porque le cuesta muchísimo subir.

Cuando por fin llega al borde del reloj,
la sirena abraza a los chicos con su cola.
Luego se tira al mar y se aleja nadando.

Emma y Marcos sacan la escalera del reloj de arena
y la utilizan para regresar a la barca.
En pocos minutos vuelven a la orilla.
Llegan justo a tiempo, porque en la estación
se oye el silbido de un tren que se acerca.

¡Es hora de continuar el viaje!

5

LA CIUDAD DE LOS RELOJES DE CUCO

El tren se para en una estación con el tejado dorado.
Detrás hay 3 torres con 3 nidos de cigüeñas.
Marcos se ha quedado dormido,
y Emma no lo despierta para bajar.
Emma decide no bajar en esa estación,
ya ha tenido suficientes sustos.
Necesita relajarse y pensar.

El tren se pone en marcha
y sigue su camino hacia las Montañas Azules.
Poco a poco va atardeciendo.
El cielo se vuelve anaranjado, después azul oscuro,
y más tarde se pone negro y se llena de estrellas.

El tren se para en una nueva estación
iluminada con farolillos. Marcos se despierta
en ese momento, mira por la ventanilla y dice:

Marcos —Deprisa, Emma, ¡tenemos que bajar!
Esta estación es preciosa.

Emma no tiene tiempo de contestar,
porque Marcos sale corriendo hacia la puerta
y se baja del tren.

Emma va detrás. Se siente un poco enfadada,
porque Marcos no le ha preguntado si quería bajar.
¿Es que no le importa su opinión?
¡Vaya compañero de viaje tan maleducado!

El tren arranca. Enseguida se pierde en la lejanía.
Marcos y Emma salen de la estación
y se encuentran en una ciudad de casas de madera
iluminadas con farolillos.
En realidad, las casas son relojes de cuco gigantes.
Pero lo más curioso
es que todos marcan horas distintas.

Uno de los relojes marca las 9 horas.
Suenan 9 campanadas y se abre una ventana
por la que sale un pájaro grande y rosa.
El pájaro da una vuelta por el cielo oscuro
y luego regresa a su casa-reloj.

De pronto se abre la ventana de otra casa
y sale un pájaro verde y amarillo.
Este se queda volando más tiempo sobre los tejados
antes de volver a su sitio.

Otro reloj empieza a dar las 9 horas.
Cuando Emma lo mira, ve una silueta delgada
que se esconde rápidamente entre las sombras.
Emma coge de la mano a Marcos.

Emma	—Marcos, ahí hay alguien.
	Detrás de esa casa roja.
	He visto cómo se escondía.
	Vamos a ver quién es.
Marcos	—Vale. Tú vete por un lado y yo por el otro.
	Así no podrá escaparse.

Emma va hacia un lado de la casa
y Marcos se esconde al otro lado.
Emma avanza pegada a la pared
hasta que oye una respiración fuerte y agitada.
¡Es una chica!
Cuando intenta agarrarla,
la desconocida sale corriendo
hacia donde está Marcos.
La chica está rodeada, no puede huir.
Un farol le ilumina toda la cara.

Es una niña muy delgada, con el pelo corto
adornado por una flor morada gigante.
Lleva mallas de bailarina, también moradas.

Emma	—Esa flor que llevas en el pelo se llama pensamiento, ¿a que sí?
Pensamiento	—Claro. Y yo también me llamo así. Soy Pensamiento.
Marcos	—¿Tú eres Pensamiento? Hemos oído hablar mucho de ti. Todos te están buscando. Dicen que has estropeado los relojes del país.
Pensamiento	—¿Quiénes me están buscando?
Emma	—Unos hombres con trajes azules y corbatas negras.
Pensamiento	—¡Son los Exactos! La policía del País de los Relojes. ¿Sabéis qué harán conmigo si me encuentran? ¡Me quitarán la imaginación! Me la sacarán con una jeringuilla, y volveré a ser como era antes. Antes era una muñeca de madera dorada y daba vueltas alrededor de un reloj.
Emma	—¿Eras una muñeca? ¿Y cómo te convertiste en chica?

Pensamiento —Un día, pasé delante
del gran reloj de la biblioteca
y oí una voz dentro.
La voz estaba contando un cuento.
Era una historia maravillosa,
de hadas oscuras y brujas de luz.
Cuando el cuento terminó
y la voz calló, se oyó un aplauso.
Después, se oyeron ruidos
de sillas que se arrastraban.
Y luego, nada.
Yo tenía curiosidad y entré en el reloj.
Crucé la puerta y entré a otro mundo.
Era un mundo pequeño,
rectangular y lleno de libros.

Emma —¡La biblioteca del colegio!
Nosotros venimos de ese mundo.

Pensamiento —¿En serio?
Pues ese mundo a mí me cambió.
Aunque aquí no hay colegios ni libros,
descubrí que sabía leer.
Leí muchos cuentos de la biblioteca
y esas historias me transformaron.
Me llenaron de fantasía y de sueños.
Y poco a poco, dejé de ser muñeca
y me convertí en niña.

Emma   —Entonces, ¿luego volviste aquí?

Pensamiento   —Sí, este es mi mundo.
Quería contar
a todos los muñecos de madera
cómo había cambiado mi corazón
gracias a los libros.
Quería contarles
que había aprendido a soñar
y a imaginar cosas.

Emma y Marcos escuchan muy atentos.

Pensamiento   —Pero cuando empecé
a contar mi historia,
los relojes empezaron a estropearse.
Por eso los Exactos me persiguen.
Cuando me atrapen,
me llevarán a ver a los 3 relojeros.
Ellos me quitarán los sueños
y me volverán de madera.
¡Pero yo no quiero que pase eso!
Tenéis que ayudarme a escapar.

6
CHOCOLATE CON CHURROS

Emma le da la mano a Pensamiento.

Emma —¿Cómo podemos ayudarte?

Pensamiento —Solo hay un sitio donde los Exactos
no me encontrarán.
En vuestro mundo. Allí no pueden ir.
Tengo que volver a esa biblioteca.
¡Pero he olvidado el camino!

Emma —No te preocupes, sabemos volver.
Solo tenemos que ir a la estación
y esperar un tren que lleva al reloj
de la biblioteca y a nuestro mundo.

Marcos —Pues yo lo veo difícil.
Hemos visto pasar muchos trenes
hacia las Montañas Azules,
pero ninguno iba
en dirección contraria.

Emma —Si hay trenes de ida,
tiene que haber trenes de vuelta.
Vamos a la estación.
Seguro que algún tren nos lleva
a nuestro reloj y a nuestro mundo.

Marcos no parece muy convencido.
Cree que el plan de Emma no va a funcionar,
pero al menos es un plan.
Así que los 3 se van a la estación
y se sientan bajo un farolillo dorado
a esperar en un banco del andén.
Esperan, esperan y esperan.

Pasa un tren hacia las Montañas Azules.
Después de un rato, pasa otro. Y luego, otro más.
Todos los trenes van vacíos.
Marcos se pregunta para qué sirven tantos trenes
que no llevan pasajeros.
¿Por qué no pasa ningún tren en dirección contraria?
¿Es que los trenes que van a las montañas no vuelven?

Los relojes de la ciudad de los farolillos
siguen dando la hora, pero están estropeados.
Cada uno da las campanadas en un momento distinto.
Desde la estación ven pájaros que salen de los relojes
y que vuelan por la ciudad antes de volver a sus nidos.
Dan las 10 horas. Y las 11. Y las 12.
Emma tiene mucho sueño.
No quiere dormirse, pero al final se le cierran los ojos.
Cuando se despierta, ya es de día.

Pensamiento le muestra un cucurucho con churros.
Están calentitos, recién hechos.
Emma se queda asombrada.

Pensamiento   —¿Quieres uno?

Emma   —¿De dónde los has sacado?

Pensamiento se encoge de hombros.

Pensamiento   —Tenía hambre
y he imaginado unos churros.
Entonces, ¡zas! Han aparecido.

Marcos mastica un churro con cara de felicidad.

Marcos   —Es magia, Emma.
¡Este país es mágico!
Me encanta.

Emma   —¿Y todo lo que imaginas
aparece de verdad, Pensamiento?

Pensamiento   —No. Solo algunas cosas.
La magia de la imaginación
es un poco rara.
A veces no funciona, y a veces sí.

Emma se pone a comer churros. ¡Están riquísimos!
No sabía que tenía tanta hambre.

Emma   —¿Puedes imaginar 3 tazas
de chocolate caliente
para mojar los churros?

Pensamiento   —Lo puedo intentar.

Pensamiento cierra los ojos y se concentra mucho.
Está pensando en las tazas de chocolate.
Pero de pronto se oye el silbido de un tren a lo lejos.
¡Este no viene del reloj de la biblioteca!
¡Viene de las Montañas Azules!
Marcos y Emma se levantan del banco, nerviosos.

Emma   —No pienses más en las tazas de chocolate.
        ¡Ya llega nuestro tren! ¡Por fin!

Justo entonces aparecen flotando en el aire
3 tazas de chocolate hirviendo.
Pensamiento abre los ojos y sonríe.

Pensamiento —¡Perfecto! Tenemos tiempo
de comernos un churro más
y mojarlo en el chocolate
antes de subirnos al tren.

Emma coge una taza al vuelo,
moja un churro en el chocolate caliente
y se lo mete en la boca. ¡Mmmmm! ¡Delicioso!

Emma se acaba el churro
y el tren se acerca a la estación.
Cuando por fin se para,
los 3 amigos corren hacia la puerta
del vagón más cercano y se preparan para subir.

Pero la puerta del vagón se abre desde dentro
y aparece un hombre con traje azul y corbata negra.
Detrás de él hay un señor vestido igual,
y detrás, otro más. Todos llevan el mismo uniforme:
¡son los Exactos!

En cuanto ven a Pensamiento,
se ponen a señalarla con el dedo.
Se miran felices unos a otros
y dicen una y otra vez:

Los Exactos   —¡Ahí está la muñeca estropeada!
             ¡La hemos encontrado!
             ¡La hemos encontrado!

RUMBO A CRONIA

Pensamiento se pone muy nerviosa al ver a los Exactos.
Y cuando ella se pone nerviosa,
los relojes que están cerca se vuelven locos.
Por eso, todas las casas-reloj de la ciudad
sueltan sus pájaros a la vez.
Los pájaros de colores empiezan a revolotear
por encima de la estación.
Pensamiento los mira con esperanza.

Pensamiento —Esos pájaros nos ayudarán.
　　　　　　　　Solo tengo que imaginarlo.

Emma —¿Tú crees que funcionará, Marcos?

Marcos —Su imaginación es poderosa.
　　　　　　　¡Yo creo que sí funcionará!

Mientras hablan, los Exactos han bajado del tren
y los han rodeado. Están atrapados, no pueden huir.

Para ayudar a Pensamiento,
Emma se pone a pensar también en los pájaros.
Imagina que bajan al suelo
y se vuelven grandes como aviones.
Y así, los 3 se suben en uno para escapar volando.

Entonces pasa una cosa asombrosa:
un pájaro violeta se acerca por el cielo
y se va haciendo más y más grande.
Cuando se posa en el andén, es un pájaro gigante.

El pájaro agita las alas y los Exactos se van corriendo.
Parecen aterrorizados. Los 3 amigos aprovechan
y se montan encima del pájaro.
Tienen que agarrarse a sus plumas de color lila
para conseguir sentarse sobre su espalda.
En cuanto están encima, el pájaro pía
con un sonido de campanas y levanta el vuelo.

Los Exactos se quedan con la boca abierta
mirando al pájaro que escapa.
¡Esto sí que no se lo esperaban!

Emma   —¡Nos hemos salvado!
                    ¿Y ahora adónde vamos?

Pensamiento   —Vamos a Cronia, la capital
                    del País de los Relojes.
                    Allí vive el Relojero Jubilado.
                    ¡Él es el único
                    que me puede ayudar!
                    Es más comprensivo
                    que los otros.

Marcos   —¿Y quiénes son los otros relojeros?

Pensamiento   —Son los 3 relojeros jefes.
Se llaman Tarde, Pronto y Puntual.
Tarde es un anciano
con el pelo canoso
y gafas de cristales gruesos.
Pronto es una chica muy impulsiva.
Tiene el pelo largo y rizado
y siempre lleva ropas de colores,
un poco hippies.

Pensamiento	—Y Puntual es un señor corriente, ni muy alto ni muy bajo. Casi nunca te mira a los ojos, y cuando te mira, parece que no te ve. Para mí es el más misterioso de los 3.
Emma	—¿Y por qué tienen esos nombres?
Pensamiento	—Porque Tarde arregla los relojes que se atrasan y Pronto arregla los que se adelantan. Puntual arregla los que van en hora pero tienen otro problema. Por ejemplo, están desafinados o se les han borrado los números.

Emma	—Parece que los 3 relojeros te dan un poco de miedo.
Pensamiento	—Sí. Me dan miedo. Si los Exactos me atrapan, me llevarán hasta los relojeros para arreglarme. Para ellos soy parte de un reloj estropeado. Quieren quitarme la imaginación que conseguí en vuestro mundo. ¡Y yo no quiero que eso pase!
Marcos	—Eso no va a pasar. Emma y yo te ayudaremos.

El pájaro continúa su viaje hasta Cronia.
Cuando llegan a la gran ciudad,
se está haciendo de noche.
Miles de bombillas iluminan las calles,
que están bordeadas de torres con relojes,
altas como rascacielos.

El pájaro aterriza en una plaza
con una fuente en medio.
Los chicos se bajan y miran a su alrededor.
Hay mucha gente que camina en todas direcciones.
Se mueven como robots y parecen hechos de madera.
No miran al pájaro y parecen tener mucha prisa.

El pájaro sale volando
y se hace más y más pequeño,
hasta transformarse en un pájaro normal.
Emma y Marcos lo observan impresionados,
pero las personas que los rodean lo ignoran.

Pensamiento señala un canal lleno de agua
que circula entre las torres.
En el canal hay barcas amarradas al muelle.
Las barcas parecen casas, porque tienen luz dentro
y se ven sofás, camas y estanterías con libros.

Pensamiento   —El Relojero Jubilado
                    vive en una de esas barcas.
                    Creo que es la negra
                    con una bandera pirata.
                    Voy a verlo. ¿Me acompañáis?

Marcos   —Claro que sí.
               Visitar un barco pirata
               siempre es una aventura.
               Y si es una casa-barco,
               ¡todavía mejor!

● 8

EL RELOJERO JUBILADO

Emma, Marcos y Pensamiento van hacia la barca
con bandera de pirata.
Saltan desde el muelle hasta la cubierta,
y la embarcación se balancea bajo su peso.
La barca tiene una puerta como la de una casa,
con timbre y todo.
Pensamiento llama al timbre
y, unos minutos después, la puerta se abre.

Al otro lado hay un hombre muy alto
y ligeramente encorvado.
Tiene una barba blanca con un bigote amarillento,
y su piel es muy morena.
Cuando ve a los 3 visitantes, se queda callado.

Pensamiento   —¡Buenas noches!
¿Es usted el Relojero Jubilado?

Relojero   —Sí, pero eso ya lo sabías.
Por eso has venido a buscarme.
Eres la chica que está estropeando
todos los relojes del país.
Te escapaste al mundo de los libros.
Y te llamas Pensamiento, ¿verdad?

Pensamiento —Veo que me conoce muy bien.
¿Quién le ha hablado de mí?

Relojero —Los otros relojeros:
Tarde, Pronto y Puntual.
Están muy preocupados
por lo que has hecho.
Esperan que los Exactos te atrapen
para poder arreglarte.

Emma —Pensamiento no quiere
que la arreglen.
Tienen que dejarla en paz.

Relojero —Entonces, ¿para qué has venido?
Yo soy un relojero.
Arreglo relojes.
Bueno, los arreglaba,
porque ahora ya no trabajo.
Estoy jubilado.

Pensamiento —Yo lo que quiero es que me ayude.
Usted es el relojero más viejo
de todo el país
y sabe muchísimo de relojes.
Explíqueme qué debo hacer
para no estropearlos
con mi imaginación.

Relojero —No sé la respuesta a esa pregunta.
Nunca he tenido imaginación,
no entiendo lo que es.
Solo sé que la imaginación
es mala para los relojes porque hace
que el tiempo vaya más despacio
o más deprisa de lo normal.
Y eso a los relojeros no nos gusta.

Marcos —Pues en nuestro mundo los relojes
no se estropean por la imaginación.
Se estropean por otras cosas:
cuando les entra agua
o se quedan sin batería.

Relojero —Eso es porque en vuestro mundo
los relojes no están vivos.
Eso es lo que me han dicho,
aunque yo nunca he estado
en vuestro mundo.
¿Queréis una taza de té de violetas?

Marcos pone cara de asco y dice que no.
Emma y Pensamiento dicen que sí.
El Relojero Jubilado los invita a pasar a su cocina.
Es muy pequeña y acogedora.
Las cortinas tienen dibujos de cerezas
y hay muchos relojes pequeños en las paredes.
El relojero prepara el té de violetas en un minuto
y lo sirve con galletas de chocolate y de limón.

Pensamiento se bebe su taza de té de un trago
y se come una galleta de limón de un bocado.
Parece muy nerviosa.

Pensamiento —Usted es mi única esperanza.
Dígame qué puedo hacer.
Yo no quiero estropear los relojes,
de verdad.

El relojero mira hacia la pared, preocupado.

Relojero —Pues los estás estropeando.
Ese reloj de la esfera rosa
iba perfectamente,
y ahora el segundero va más lento.
Y aquel otro,
el que está decorado con un tiburón,
ahora va adelantado.
Tendré que arreglarlos.
¡Voy a tener mucho trabajo
por tu culpa!

Emma —Si usted no puede
ayudar a Pensamiento,
díganos quién puede hacerlo.
¿Lo sabe?

Relojero —Quizá.

El relojero, pensativo, se bebe su té de violetas
y luego sigue hablando.

Relojero	—En las Montañas Azules hay un reloj muy especial. Está sobre una pared de roca, por eso se llama el Gran Reloj de Pared. Allí vive un pez mágico. Dicen que ese pez era como tú. Él también estropeaba los relojes. Hasta que encontró el secreto para vivir tranquilo y dejar tranquilos a los demás.
Pensamiento	—Entonces, ¡ese pez me ayudará! Pero ¿cómo puedo llegar hasta él? Las Montañas Azules están lejos. Y no puedo coger trenes ni aviones. Los Exactos vigilan las estaciones y los aeropuertos para capturarme.
Relojero	—Yo puedo dejarte mi caballo.
Pensamiento	—¡Eso es maravilloso! Gracias.
Relojero	—Bueno, pues ven conmigo al jardín trasero. Lo tengo allí.

Pensamiento, Emma y Marcos
siguen al Relojero Jubilado hasta el jardín.
El hombre señala una vieja bicicleta roja.
Marcos y Emma lo miran como si estuviera loco.

Emma   —Oiga, eso no es un caballo,
              es una bicicleta.

Relojero —Los caballos de nuestro mundo son así.
              Son bicicletas vivas.
              Esta se llama Veloz. ¡Vamos, Veloz!
              ¿Quieres hacer un viaje
              hasta las montañas?

La bicicleta roja que se llama Veloz
se levanta como un caballo y relincha.
El relojero sonríe.

Relojero —Veloz está encantada.
              ¡Súbete encima, Pensamiento!
              Veloz te llevará al Gran Reloj de Pared.
              Una vez me llevó a mí,
              por eso se sabe el camino.

Pensamiento se sube a Veloz, y la bici sale volando.
Desde el cielo, Pensamiento dice adiós con la mano.

Emma y Marcos se miran, un poco tristes.
¡Ni siquiera se han podido despedir de Pensamiento!
Emma se vuelve hacia el relojero.

Emma   —¿Y nosotros no podemos ir con ella?

Relojero —No. Vosotros tenéis que volver
              a vuestro mundo.
              Aquí solo causaréis problemas.
              Id a la estación y coged un tren.

● 9

EL CARACOL DEL RELOJ DE SOL

La verdad es que Emma está deseando
salir del País de los Relojes y volver a su mundo.
Pero no sabe si ella y Marcos encontrarán el camino.
Quizá el Relojero Jubilado los pueda ayudar.

Emma   —¿Qué tenemos que hacer
para volver a nuestro mundo?
Hay muy pocos trenes que vayan
hacia el reloj de la biblioteca.
Antes intentamos subir a uno,
pero todos iban llenos de Exactos.
Creo que a los Exactos no les gustamos.

El relojero suspira.

Relojero   —Claro, ¿cómo vais a gustarles?
Vosotros también estropeáis los relojes,
igual que Pensamiento.

Emma y Marcos se miran asombrados.

Marcos   —¿Nosotros estropeamos los relojes?
Eso es mentira. ¡No hacemos eso!

Relojero —Lo hacéis sin daros cuenta.
El problema es que los 2
también tenéis mucha imaginación.
Los relojes de este mundo se estropean
cuando se acercan a ellos personas
con demasiada imaginación.
Mirad, mirad ese reloj que hay
encima de la chimenea.
Hace un momento funcionaba muy bien
y ahora va adelantado.

Emma —Pero eso lo ha hecho Pensamiento,
no nosotros.

Relojero —No. Ese reloj se ha estropeado
después de marcharse Pensamiento.
Lo habéis estropeado vosotros.
Es importante que os vayáis enseguida.
Pero no podéis coger el tren
en la estación principal de Cronia,
porque los Exactos la estarán vigilando.

Marcos —No importa. Ellos no saben
que nosotros estropeamos los relojes.

Relojero —Pero lo descubrirán enseguida.
Son los policías del tiempo.
La única forma de que no os descubran
es que os mantengáis lejos de los relojes.

Emma	—¿Cómo vamos a hacer eso?
	Tenemos que coger un tren
	y en todas las estaciones hay un reloj.

Relojero	—Eso es verdad. Pero hay una estación
	con un reloj especial,
	un reloj que no se puede estropear:
	es un reloj de sol.
	Y nadie puede estropear el Sol.

| **Marcos** | —¿Y esa estación está muy lejos? |

Relojero	—Para llegar tendréis que caminar
	un día entero.
	Llegaréis si vais hacia la izquierda
	al salir de aquí,
	y luego giráis en todos los cruces
	también a la izquierda.
	Ah, ¡cuidado con el guardián de ese reloj!
	Es un caracol gruñón y desconfiado.
	Lo mejor es que no habléis con él.
	Esperad vuestro tren en silencio,
	y cuando llegue, os montáis.

Marcos y Emma le dan las gracias
al Relojero Jubilado y se despiden de él.
Cuando salen de su barca, van hacia la izquierda.
Luego giran hacia la izquierda otra vez, y luego otra,
así 10 veces seguidas, hasta que llegan
a una pradera con algunos árboles.

Emma y Marcos han caminado durante 8 horas.
A lo lejos se ven las vías del tren.

Junto a las vías, un caracol gigante vigila
una piedra enorme con un palo clavado en el centro.
El caracol tiene la concha de rayas rojas y blancas.
Es muy bonita. Emma y Marcos se acercan a él.
Están agotados de tanto andar.
Emma levanta la vista hacia la cabeza del caracol.

Emma —¿Es esta la estación del reloj de sol?

Caracol —Sí. Y yo soy su vigilante,
el Gran Caracol del reloj de sol.
¿Quiénes sois y a qué habéis venido?

Marcos —Somos Emma y Marcos.
Venimos a coger el tren
que va desde las Montañas Azules
hasta el reloj de la biblioteca.

Caracol —He oído hablar de ese reloj.
Dicen que es una puerta
hacia otro mundo donde hay
unos objetos llenos de historias
que se llaman libros.
¿Vosotros venís de ese mundo?
No os parecéis
a la gente de aquí.

Emma —Sí, venimos de ese mundo.
Hemos entrado en el País de los Relojes
por error y ahora queremos volver a casa.

Caracol —Pues lo siento. Hay muy pocos trenes
que vayan hacia el reloj de la biblioteca.
Tendréis que esperar toda la noche.
El próximo tren pasará al amanecer.

Marcos —Vale. Nos sentaremos en un banco
y esperaremos.

Caracol —Prefiero que os vayáis a otro lado.
No me gustan las personas raras
que vienen de otro mundo.
No quiero que causéis problemas
a mi reloj.

Marcos —No te preocupes, tu reloj es de sol.
Nosotros solo estropeamos
los relojes de cuerda.
Bueno, también los de arena.
Pero los de sol no.
El Sol puede más que nosotros.

Emma —¡Cállate, Marcos!
¿Por qué le cuentas nuestro secreto?

El caracol mira enfadado a Emma y a Marcos.

Caracol —Así que vosotros
también estropeáis relojes,
como esa chica, Pensamiento.
Ya os lo he dicho,
yo no quiero problemas.
Marchaos de mi estación.

Emma mira al caracol de forma amenazadora.

Emma —Esta no es su estación.
Usted solo es el vigilante.
Nos quedaremos aquí.
Estamos muy cansados
para ir a otro lugar.

El caracol parece furioso con Emma y con Marcos,
pero ellos no le hacen caso
y se sientan en un banco.
Marcos apoya la cabeza en el hombro de Emma,
y los 2 se quedan dormidos.

10

UNA MANADA DE BICICLETAS

En su sueño, Emma ve a Pensamiento que se acerca.
Va montada en Veloz y se para a su lado en la estación.

Pensamiento —¡Tenéis que iros, Emma! ¡Deprisa!
Estáis en peligro.
Ese caracol es un mal bicho.
Ha avisado a los Exactos
para que vengan a deteneros.

Emma se despierta asustada.
Pensamiento no está en la estación. Ha sido un sueño.
Cuando levanta la cabeza, ve a 6 Exactos
bajando de un autobús, al otro lado de las vías del tren.
Emma sacude a Marcos para despertarlo.

Emma —¡Tenemos que irnos, deprisa!
Los Exactos están aquí.
Vienen a por nosotros.
Pensamiento me ha avisado
en un sueño.

Marcos se frota los ojos, mira a Emma,
luego mira al otro lado de las vías y ve a los Exactos.
Rápidamente se pone de pie,
y los 2 salen corriendo por el campo.

Pasan delante del reloj de sol y del Gran Caracol,
que los observa sorprendido.

Caracol —¡Eh, volved aquí! ¿Adónde vais?
Perderéis el tren.

Emma y Marcos no le contestan.
Corren lo más deprisa que pueden.
Todavía es de noche, pero una luna llena y grande
brilla en el cielo e ilumina el paisaje.

Al principio, los Exactos los persiguen,
pero Emma y Marcos corren más rápido.
Los Exactos se mueven a sacudidas, como robots.
Después de un rato, parece que se quedan sin batería
y dejan de correr.

De todas formas, Emma y Marcos no se confían,
y siguen corriendo hasta que Marcos tropieza
y cae al suelo. Emma se para y le ayuda a levantarse.

Marcos   —No puedo más. Estoy agotado.

Emma   —Yo también. Vamos a descansar un poco.
Tenemos que pensar qué vamos a hacer.
Está claro que las estaciones
son un peligro para nosotros.
Y si no podemos ir a una estación,
no podemos coger el tren.

Marcos   —Pero entonces, ¿cómo vamos a volver
al reloj de la biblioteca?

Emma —La única forma de volver
al reloj de la biblioteca es andando.

Marcos la mira horrorizado. No puede más.

Marcos —Si vamos andando,
tardaremos días en llegar.
¡No tengo fuerzas para eso,
estoy cansadísimo!

Emma —No te quejes. Yo también estoy cansada.
Y, además, todo esto es culpa tuya.
Tú entraste en el reloj de la biblioteca.

Marcos —Oye, yo no te dije que me siguieras.
Tú entraste porque quisiste.

Emma —Bueno, eso no importa ahora.
Lo importante es volver al colegio.
Es verdad que el reloj de la biblioteca
está muy lejos para ir andando,
pero es la única manera de volver.

Marcos —Podemos ir a otro sitio más cerca.
Vamos a ver al pez
del Gran Reloj de Pared.
Si puede ayudar a Pensamiento,
también puede ayudarnos a nosotros.
Fíjate, estamos bastante cerca
de las Montañas Azules. ¿Lo intentamos?

Emma   —De acuerdo.

Emma y Marcos se ponen a caminar
hacia las Montañas Azules.
Amanece y hace un poco de frío.
El sol ilumina la inmensa pradera.
De pronto, Marcos se para y señala hacia la derecha.

Marcos   —¡Mira, Emma!
                ¡Una manada de bicicletas vivas!
                Bueno, aquí las llaman caballos.

Emma   —Sí, ya las veo.
                ¡Hay de todos los colores!

Marcos   —Podríamos coger 2, una para cada uno.
                Así llegaremos más deprisa
                al Gran Reloj de Pared.

Emma   —No creo que podamos cogerlas.
                Son bicicletas vivas.

Marcos   —Ya lo sé. Son como caballos salvajes.
                Las domesticaremos.

A Emma le parece algo muy difícil,
pero Marcos ya está corriendo hacia las bicicletas,
y decide seguirlo.

Las bicicletas ruedan alegremente por la pradera.
Marcos se cruza en su camino y atrapa una bici azul.
La bicicleta se levanta como un caballo de verdad,
pero Marcos consigue montarse en ella.
Emma se acerca también a la manada.
Hay una bici amarilla que se da la vuelta hacia ella.
¡Parece que la está esperando!
Emma se acerca con cuidado,
le acaricia el manillar y el sillín.

La bicicleta relincha cariñosamente.
Emma se monta en ella y pedalea hacia Marcos.
Pedalear le resulta muy fácil
porque es una bicicleta viva y rueda sola.

Marcos ve a Emma en su bici amarilla y sonríe.

Marcos —¡Vaya, Emma!
No sabía que eras tan valiente.

Emrna —Las chicas somos tan valientes
como los chicos. ¿Es que no lo sabes?

Marcos —Ya. Pero tú nunca sales al recreo,
y yo pensaba que era por miedo.

Emrna —¿Por miedo? ¿Miedo a qué?

Marcos —Miedo a correr, miedo a caerte
y miedo a jugar con los demás.
Esas cosas.

Emma —Yo no salgo al patio
porque prefiero leer.
No es por miedo.
Soy una chica muy valiente.

Marcos —Ya lo veo.
Bueno, entonces,
¿estás lista para ir a las Montañas Azules?

Emma acaricia suavemente el manillar de su bicicleta.

Emma —Sí, estoy preparada.
¡Vamos a buscar al pez
del Gran Reloj de Pared!
¡Seguro que nos ayuda!

11
EL PEZ DEL GRAN RELOJ DE PARED

Emma y Marcos ponen nombre a sus bicicletas.
La de Emma será Rayo, y la de Marcos, Trueno.

Rayo y Trueno están encantadas
con sus nuevos dueños.
Ruedan a toda velocidad hacia las montañas.

Emma —Vamos a ver al pez del Gran Reloj de Pared.

Rayo mueve el manillar hacia arriba y hacia abajo,
como diciendo que sí.
Parece que conoce el lugar.

A los pies de las Montañas Azules,
la pradera se transforma en bosque.
Hay un camino que sube entre los árboles.
Las 2 bicicletas se meten por él.
Es una ruta muy agradable,
entre robles, castaños y abedules.
A los lados del camino crecen moras y frambuesas.
Emma y Marcos se bajan de las bicicletas
para coger algunas y comérselas.
¡Tienen mucha hambre!

Cuando Emma y Marcos terminan de comer,
vuelven a montarse en Rayo y Trueno.
El camino es cada vez más empinado.
Pero las bicicletas están acostumbradas a la montaña
y no se cansan.
Siguen subiendo y subiendo, y llegan a una explanada
con un río y una pared de roca detrás.

En la pared de roca hay un reloj de agujas gigante
y debajo hay un acuario.
Dentro del acuario nada un pez rojo y negro
más grande que un tiburón blanco.
Marcos y Emma se bajan de sus bicicletas
y se acercan a verlo.
Entonces descubren que el pez tiene un bigote blanco
y unas gafas doradas.

El pez mueve su boca para hablar.
Sus palabras salen entre burbujas.

Pez   —¿Sois Emma y Marcos?
         Pensamiento me habló de vosotros.
         Dijo que habíais vuelto a vuestro mundo,
         pero ya veo que no. ¿Por qué estáis aquí?

Marcos —Queremos que nos ayudes.
         No podemos coger el tren
         para volver al reloj de la biblioteca.
         Los Exactos vigilan
         todas las estaciones.

Emma —Nosotros también estropeamos los relojes,
como Pensamiento.
El Relojero Jubilado dijo que tú sabías
cómo arreglar eso.
Si no estropeamos los relojes,
los Exactos nos dejarán en paz
y podremos volver a nuestro colegio.

Pez —Yo puedo enseñaros lo mismo
que a Pensamiento. Le enseñé a mirar
las cosas de otra manera,
con amor y sin pensar en uno mismo.
Así, la imaginación no cambiará las cosas
y no estropeará los relojes.
Es fácil de conseguir,
solo hay que pensar en los demás.
Pensamiento aprendió enseguida
y decidió volver a Cronia.
Ahora está llena de amor
y quiere ayudar a los otros habitantes
del País de los Relojes.

Marcos —¿Ayudarlos a qué?

Pez —A ser como nosotros, a tener imaginación.
Pero los Exactos no se lo permitirán:
van a detenerla. La llevarán a los relojeros
y ellos le quitarán la imaginación.
La convertirán en una muñeca sin alma.

Emma —¡No podemos permitir eso!
¡Tenemos que ayudar a Pensamiento!

Pez —¡Sí, por favor!
Yo no puedo salir de este reloj,
pero vosotros podéis ir a Cronia
para hablar con ella.
Decidle que vuelva aquí a vivir tranquila.
No conseguirá ayudar a los habitantes
del País de los Relojes.
Si lo intenta, los relojeros la destruirán.

Marcos —Iremos a hablar con Pensamiento.
Pero antes, enséñanos a mirar
todas las cosas sin pensar en nosotros.
¿Cómo se hace?

Pez —Hay que concentrarse en la respiración.
Cerrad los ojos y contad hasta 6
mientras cogéis aire.
Luego, soltadlo por la nariz
contando otra vez hasta 6.
Contad y no penséis en otra cosa.
Después, abrid los ojos
y mirad hacia el río y el bosque.
Mirad un rato sin distraeros,
sin imaginar cosas,
sin preocuparos por vuestros problemas.
¿Queréis intentarlo?

Emma y Marcos siguen las instrucciones del pez.
Primero se concentran en la respiración.
Cuentan hasta 6 al tomar aire
y otra vez hasta 6 al expulsarlo.
Luego abren los ojos.

Emma mira hacia el río, escucha el rumor del agua
y vacía su pensamiento.
Marcos mira hacia los árboles,
escucha el susurro del viento entre las hojas y sonríe.
Los dos sienten que su corazón
se llena de amor hacia la naturaleza
y hacia todas las personas.
¡Los consejos del pez han funcionado!

Emma —Esto parece magia.
Ahora me siento mucho más tranquila.
Respirar y mirar. ¡Es muy fácil!
¿Funcionará también en nuestro mundo?

Pez —No lo sé, espero que sí.
Tendréis que probar cuando volváis.

Marcos —Probaremos. Pero antes de nada,
vamos a ayudar a Pensamiento.
No dejaremos que la conviertan
en una muñeca.
Nos la llevaremos a nuestro mundo.
Así la podremos salvar.

12

TARDE, PRONTO Y PUNTUAL

Marcos y Emma bajan de las Montañas Azules
en sus bicicletas vivas.
Atraviesan un río, 3 bosques y una llanura
para llegar hasta Cronia.
Cuando entran en la ciudad, es la hora del atardecer.
Hay mucha gente por las calles.
Todos son muñecos de madera
con la cara pintada de oro
y vestidos de distintos colores.
Algunos caminan solos o en grupos.
Otros están sentados en las terrazas de las cafeterías.
La ciudad está muy animada.

Marcos y Emma preguntan dónde aparcar las bicis.
Un señor con sombrero negro les indica el camino.
En el aparcamiento dejan a Trueno y a Rayo.
Después, se van a buscar a Pensamiento.
Recorren las calles y las plazas, pero no la ven.
Al final llegan a la plaza del ayuntamiento,
que tiene una torre altísima.
Hay más de cien personas debajo de la torre
mirando hacia arriba.
Marcos y Emma se acercan.

Emma	—¿Qué están mirando? ¿Qué pasa?
Señora	—Es esa chica que estropea los relojes. Se llama Pensamiento. Ha subido a la torre y amenaza con estropear el carillón si no viene toda la gente de Cronia a escucharla.
Marcos	—¿Qué es un carillón? ¿Por qué es importante?
Señora	—Un carillón es un reloj con campanas que tocan una melodía. El Carillón de Plata es el más importante de Cronia porque, si suena mal, todos los habitantes enfermamos. Pero ¿cómo es posible que no lo sepáis?

Emma va a contestar, pero en ese momento
aparece una patrulla de Exactos.
Esta vez, Emma y Marcos no consiguen escapar.
Los Exactos los rodean y los sujetan,
¡y hasta les ponen unas esposas!

Exacto 1	—Estáis detenidos. Vosotros ayudasteis a Pensamiento. Ahora tendréis que pagar por ello. Os llevaremos a ver a los 3 relojeros y ellos os quitarán vuestras tonterías.

Marcos mira a Emma muy preocupado,
pero los Exactos los separan para que no hablen.
A Marcos lo meten en un furgón azul,
y a Emma, en un furgón rojo.
Los dos vehículos atraviesan la ciudad
hasta llegar al Palacio de Gobierno.
Allí viven los 3 relojeros, Tarde, Pronto y Puntual.

Los Exactos llevan a Emma y Marcos esposados
hasta una puerta enorme.
Por allí entran a un salón con una fuente en el centro.
Detrás de la fuente hay 3 tronos
donde están sentados los 3 relojeros.
Los Exactos los dejan allí y se marchan.

El anciano Tarde se acerca a los dos prisioneros.
Pronto y Puntual también.

Puntual   —Así que vosotros venís del otro mundo
y estáis estropeando nuestros relojes.
Igual que esa chica, Pensamiento.
¡No lo podemos permitir!
¿Qué hacemos con ellos, compañeros?

Tarde   —Yo creo que deben contarnos su historia.
Dónde nacieron, el nombre de sus padres,
si tienen hermanos, su comida preferida.
Tenemos que saberlo todo
antes de tomar una decisión.

Pronto no está de acuerdo con Tarde.

Pronto —¿Estás loco? ¡Vaya pérdida de tiempo!
Tenemos que actuar deprisa.
Vamos a quitarles la imaginación.
Así serán como los habitantes de Cronia.

Marcos —¡No! ¡No queremos ser muñecos!

Pronto —Da igual lo que queráis.
Compañeros, si no queréis ayudarme,
lo haré yo sola.
Aquí tengo mi jeringuilla mágica.
Con esto les pincharé en la cabeza
y les sacaré la imaginación.

Puntual —Espera. Tengo una idea mejor,
buena para ellos y para nosotros.
A ver, chicos. Vosotros solo queréis
volver a vuestro mundo, ¿verdad?

Emma —Sí. Eso es lo que queremos.

Puntual —Muy bien. Os ofrezco un trato.
Si convencéis a Pensamiento
para que baje del carillón y se entregue,
os subiremos a un tren
que va hasta el reloj de la biblioteca.
Y no os convertiremos en muñecos.
Es un buen trato. ¿Aceptáis?

Marcos y Emma se miran.

Marcos   —No podemos aceptar,
porque si os entregamos a Pensamiento,
la convertiréis a ella en una muñeca,
y eso es horrible.

Emma   —Pensamiento es nuestra amiga,
y no vamos a traicionarla.

Pronto   —¡Pues entonces,
os convertiré en muñecos
inmediatamente!
Ya estoy cansada de tonterías.

Puntual   —No te precipites, compañera.
Estos chicos nos van a ayudar
aunque no quieran.
Vamos a llevarlos
a la plaza del ayuntamiento
para que Pensamiento los vea
desde el carillón de la torre.
Le diremos que se entregue
o convertimos a estos 2 en muñecos
allí mismo.

● 13

EL DISCURSO DE PENSAMIENTO

A Pronto y a Tarde les gusta mucho el plan de Puntual.
Pronto toca una campanilla y aparecen 6 Exactos.

Pronto   —¡Volved a llevar a los prisioneros a la plaza
y colocadlos debajo de la torre
para que Pensamiento los vea bien!
Nosotros os acompañaremos.

Los Exactos suben a Marcos y a Emma al furgón rojo.
Esta vez los llevan juntos.
En el furgón azul se suben los 3 relojeros.
Los vehículos regresan a la plaza del ayuntamiento.

Debajo de la torre hay mucha más gente que antes.
¡Hay más de mil personas! Todas miran hacia lo alto.
Pensamiento está en una de las campanas
del Carillón de Plata haciendo piruetas.
Algunas personas se ríen.

Pero todos dejan de reír
cuando se acercan los 3 relojeros y los Exactos,
que llevan a Marcos y a Emma.
Pensamiento los ve desde arriba
y se queda quieta.

Puntual coge un megáfono y habla por él
para que su voz se oiga alta y fuerte.

Puntual
—Mira, Pensamiento.
Hemos atrapado a tus amigos.
Si no te entregas,
los convertiremos en muñecos.
¿Qué decides?

Marcos
—¡No te entregues, Pensamiento!
¡Quieren arrancarte la imaginación!

Emma
—¡Eso! ¡Escapa!
Y vuelve a ayudarnos
cuando puedas.

Pronto se acerca a Emma de forma amenazadora.

Pronto
—¡Vas a estropear nuestro plan!
Cállate o te convierto en muñeca
ahora mismo.

Pensamiento
—¡Esperad! Me entregaré.

Los 3 relojeros sonríen satisfechos.

Tarde
—Muy bien, muchacha. Baja de ahí.
Tenemos que arreglarte.

Puntual
—Eso, baja de la torre, Pensamiento.
Solo así se salvarán tus amigos
y podrán volver a su mundo.

Pensamiento mira hacia abajo asustada.

Pensamiento —Pero yo no puedo bajar sola.
Me da vértigo.
Tendrán que venir a buscarme.

Pronto —¡Qué chica más idiota!
Que suban a por ella, ¡rápido!

4 Exactos empiezan a subir por la torre.
Es bastante difícil, tienen que trepar
agarrándose a los salientes de piedra.
Pero los Exactos están bien entrenados y no se caen.
Eso sí, van muy despacio.

Mientras los Exactos suben,
Pensamiento se pone a hablar muy alto
para que la oigan todos los que están en la plaza.

Pensamiento —Queridos habitantes de Cronia,
yo no soy vuestra enemiga.
Vuestros enemigos son los relojeros.
Os han convertido
en esclavos de los relojes
porque os han convencido
de que no tenéis imaginación.
Sí la tenéis, pero estáis
tan pendientes del tiempo
que ya no sabéis utilizarla.

Pensamiento sigue hablando a la gente de la plaza.

Pensamiento   —Yo puedo enseñaros
a recuperar la imaginación
y a no ser esclavos de los relojes.
Buscad dentro de vosotros mismos.
Recordad los viejos tiempos,
cuando no erais como robots,
cuando erais libres.
Antes, disfrutabais de la vida
y no trabajabais sin parar.
Ahora parecéis robots todo el rato,
hasta cuando salís a pasear,
hasta cuando dormís.

La gente escucha a Pensamiento con atención.
Al oír sus palabras, algunos muñecos-niños
se echan a llorar.
Las lágrimas resbalan por sus caras de madera
y borran la pintura dorada.
Entonces, la madera se convierte en piel
y los muñecos empiezan a parecer personas vivas.

Al verlo, los muñecos mayores se emocionan.
Ellos también empiezan a llorar.
Los 3 relojeros miran alrededor asustados.

Pronto   —No escuchéis a esa chica loca.
Pensamiento no es vuestra amiga.
¡Os destruirá!

Mientras Pronto habla, los Exactos llegan al carillón
y atrapan a Pensamiento.
Le atan las manos y los pies con cuerdas,
y le ponen un pañuelo sobre la boca
para que no pueda hablar.

Luego vuelven a bajar.
Uno de los Exactos lleva a Pensamiento
encima de su hombro, como si fuera un saco.
Pero mientras bajan,
la gente en la plaza sigue cambiando.
Todos los que se echan a llorar
se transforman en personas vivas.
Dejan de moverse como robots
y sus caras doradas se vuelven sonrosadas.

Un grupo de personas rodea a los 3 relojeros
y les hablan muy enfadados.

Persona 1   —Ahora me acuerdo de todo.
                 Vosotros me quitasteis la imaginación.

Persona 2   —Y a mí también.
                 Me convencisteis
                 de que era una máquina,
                 y tenía que trabajar y trabajar
                 sin hacer preguntas y sin protestar.

Las personas de la plaza gritan a los 3 relojeros.

Persona 3   —A mí me pasó lo mismo.
Me convertisteis en una esclava.
¡Todos éramos esclavos de los relojes!
Pero ahora nos hemos liberado
de los relojes y de vosotros.
¡Ya no volveréis a dominarnos!

Los Exactos entran en la plaza con Pensamiento.
Pero cuando la gente los mira furiosa,
pasa algo increíble:
los Exactos se vuelven más y más pequeños,
hasta ser tan diminutos como hormigas.

Emma se acerca a Pensamiento y le quita las cuerdas.
Los cronios siguen rodeando a los 3 relojeros.
No van a dejarlos escapar.

Entonces Tarde, Pronto y Puntual
se cogen de la mano formando un corro.
En ese momento se levanta un gran viento
que levanta las ropas y el pelo de los relojeros.
Sus cuerpos se convierten
en un montón de pequeñas ruedas dentadas
que salen volando por el aire.

● 14

OTRA VEZ EN LA ESTACIÓN

Pensamiento abraza a Emma y luego a Marcos.
La gente a su alrededor comienza a aplaudirlos.
¡Cómo han cambiado todos!
Ya no parecen muñecos, sino personas vivas.
Ríen, lloran, se dan besos, se gastan bromas y bailan.
¡Están contentísimos!

Pensamiento —Quiero daros las gracias, chicos.
Me habéis ayudado mucho.
Sin vosotros no lo habría logrado.

Marcos —Nosotros no hemos cambiado
el País de los Relojes.
Lo has hecho tú con tu imaginación.

Emma —¿Cuándo lo decidiste?
¿Cuándo pensaste cambiar este país
y devolver a la gente la imaginación?

Pensamiento —Cuando visité al pez
del Gran Reloj de Pared.
Él me enseñó a pensar en los demás.
Cuando piensas en los demás,
se te quita un poco el miedo
y se te ocurren grandes ideas.

Los 2 amigos escuchan entusiasmados a Pensamiento.

Pensamiento —Yo no quería ser la única habitante
de este país con imaginación.
Quería que todos fueran como yo,
y se liberaran de los relojes
para vivir sus vidas como quisieran.

Emma —Pero ¿cómo sabías
que todos tenían imaginación?
Yo pensaba que solo eran muñecos,
que no eran como tú.

Pensamiento —Yo también pensaba eso.
Pero el pez del Gran Reloj de Pared
me explicó la verdad.
Todos los cronios
tenían imaginación
antes de que se la quitaran.

Marcos —Y si el pez lo sabía,
¿por qué no cambió las cosas?
¿Por qué no liberó a los cronios?

Pensamiento —Bueno, él solo quería vivir tranquilo.
Estaba cansado.
Es un pez muy anciano
y necesita vivir siempre en el agua.
No podía venir a Cronia
y subirse a un campanario, como yo.

Emma —¿Y qué pasará ahora
con los relojes de este mundo?
¿Se estropearán todos?

Pensamiento —No. Pero serán solo relojes
y respetarán el tiempo de la gente.
Los cronios ya no seremos esclavos
del tiempo. Seremos libres.

Emma y Marcos sonríen.

Emma —Eso es maravilloso, Pensamiento.
¡Y lo has conseguido tú sola!

Pensamiento —Sola no, con vuestra ayuda.
Y ahora yo os ayudaré a vosotros
a volver a vuestro mundo.
Os acompañaré a la estación.

En ese momento se acerca un grupo de ciudadanos
y rodea a Pensamiento. Parecen muy contentos.

Ciudadano 1 —Pensamiento,
queremos que seas nuestra reina.
Tú nos has liberado. Es lo justo.

Pensamiento —Gracias, pero no quiero ser reina.
Lo que quiero es que la gente
vote para elegir a sus gobernantes.
Haremos unas elecciones.
¿Qué os parece?

A todos les suena bien la idea de Pensamiento.
El problema es que no saben qué son unas elecciones.
Pensamiento les tiene que explicar muchas cosas
que leyó en los libros de la biblioteca del colegio:
cómo se preparan las papeletas para votar,
cómo se meten los votos en las urnas,
quién se puede presentar para ser gobernante
y qué normas debe cumplir.

La gente escucha maravillada a Pensamiento.
Marcos coge a Emma de la mano.

Marcos   —Vámonos, Emma.
Pensamiento está muy ocupada.
Iremos nosotros solos a la estación.

Emma   —Muy bien.
Pero antes vamos a despedirnos
de Trueno y Rayo.
¡Nos ayudaron mucho!

Emma y Marcos regresan al aparcamiento de bicis.
Cuando llegan, se llevan una gran sorpresa.
¡Trueno y Rayo se han convertido
en caballos de verdad!
Aunque son unos caballos un poco raros:
Trueno es azul y Rayo es amarillo.
Emma y Marcos los abrazan y los dejan libres.

Emma y Marcos van hacia la estación
siguiendo las señales que hay en las calles.
Cuando llegan, ven a un montón de hormigas negras
corriendo por el andén.
Emma se agacha para mirar las hormigas.
¡No son hormigas, son los Exactos!
Ahora son tan pequeños que ya no pueden detenerlos.

En un banco del andén hay un anciano sentado.
Es el Relojero Jubilado. Parece triste y perdido.

Emma   —¡Hola! ¿Qué hace usted por aquí?

Relojero   —Pues voy a coger un tren.
              Este mundo ha cambiado demasiado.
              Y yo me siento muy raro en él.

Relojero —Tengo que irme a otro lado, pero ¿adónde?
En ningún sitio me querrán.

El relojero se echa a llorar.

Marcos —No diga eso.
Este sigue siendo el País de los Relojes.
Ahora lo necesitan a usted más que nunca,
porque los otros relojeros han desaparecido.

Relojero —Ya. Pero la gente me tendrá miedo.
Pensarán que soy como los otros.
Querrán destruirme.

Emma y Marcos siguen consolando
al Relojero Jubilado.

Emma —Eso no es verdad.
Los cronios son gente pacífica.
Y no son rencorosos, estoy segura.
Además, usted ayudó a Pensamiento,
y también a nosotros.

Relojero —Sí, pero no ayudé a los cronios a ser libres.
Tenía miedo de mis compañeros.
Por eso me jubilé. ¡Fui un cobarde!

Emma abraza al relojero.

Emma —No se preocupe más.
Seguro que los cronios le perdonarán.
Volverá a ser relojero
y todos apreciarán su trabajo.

En ese momento suena el pitido de un tren
que viene de las Montañas Azules
y entra en la estación.
Emma y Marcos se despiden del relojero
y se suben a un vagón.
¡Es hora de volver a casa!

15
REGRESO A LA BIBLIOTECA

El tren circula a toda velocidad
con las ventanas abiertas. Emma y Marcos
sienten la brisa en la cara. Este tren no va vacío.
En cada estación suben y bajan viajeros.
Hay familias con niños, parejas mayores, estudiantes
y trabajadores que vuelven a casa.
Ninguno tiene la cara pintada de oro.

El País de los Relojes ha cambiado por completo
y sus habitantes ya no parecen muñecos,
sino personas de verdad.
Emma y Marcos van mirando el paisaje por la ventana.
Ven la ciudad de los relojes de cuco
y la playa donde vivía la sirena del reloj de arena.
Emma le pone a Marcos una mano en la rodilla
y le mira sonriendo.

Emma   —¿Sabes una cosa, Marcos?
        Me alegro de que te metieras
        en el reloj de la biblioteca.
        Y me alegro de haberte seguido.
        Gracias a ti he conocido un país increíble.
        ¡Nunca había vivido
        una aventura tan mágica!

Marcos sonríe, sorprendido.

Marcos   —¡Gracias, Emma!
Yo pensaba que nunca seríamos amigos,
porque tú eres muy lista y sabes mucho.
En cambio, yo soy un poco desastre
y me equivoco siempre.

Emma   —Todos nos equivocamos a veces,
pero eso es normal.
Si fuésemos perfectos,
seríamos como los muñecos
del País de los Relojes, como robots.
¡Y eso es horrible, ya lo has visto!
Además, tú eres muy listo, Marcos.
Somos listos de maneras distintas.

Marcos escucha emocionado las palabras de Emma.

Emma   —¿Sabes? Después de esta aventura,
he visto que a veces
yo me parezco un poco a los 3 relojeros.
Quiero controlarlo todo.
Me dan miedo las cosas inesperadas.
¡Hasta me da miedo la gente
porque no la puedo controlar!
A partir de ahora,
voy a relajarme un poco,
para disfrutar como tú,
y a confiar más en mi imaginación.

Por fin, el tren llega a su última parada.
Ya no quedan viajeros en el vagón.
Emma y Marcos se bajan.
El reloj de la biblioteca está justo enfrente
de la estación. Parece gigante,
y su péndulo se balancea de un lado a otro.

Emma y Marcos se dan la mano,
cierran los ojos
y saltan hacia el péndulo.
Cuando abren los ojos, están otra vez
en la biblioteca del colegio.
Y el reloj sigue dando la hora en la pared.
Parece un reloj normal y corriente.
Solo Emma y Marcos saben
que es un portal a otro mundo.

Emma   —¿Tú crees que podremos volver
            al País de los Relojes? Sería bonito.

Marcos —Yo creo que sí.
Pero será mejor
esperar a que nos inviten.
Si entramos a lo loco,
podemos estropear algo
y puede pasar cualquier cosa.
¡Imagínate que nos quedamos
atrapados para siempre
en el País de los Relojes!
No, gracias.
Por ahora quiero vivir tranquilo.

En ese momento entra en la biblioteca Genoveva,
la jefa de estudios del colegio.
Cuando ve a Emma y a Marcos allí de pie,
va hacia ellos enfadadísima.

Genoveva —Pero ¿qué hacéis aquí?
¿Por qué no estáis en clase?
El recreo se acabó hace mucho rato.
¡Vuestra profesora os está buscando!
¿Por qué os habéis escondido?

Emma —No nos hemos escondido.
Hemos ido de viaje.

Genoveva —¡Emma! Esa broma no tiene gracia.
¡Volved a vuestra clase! Enseguida.

Emma y Marcos salen de la biblioteca
y suben las escaleras a toda velocidad
hasta el piso 3, donde está su clase.
Antes de entrar, Emma mira a Marcos
y se echa a reír.

Marcos —¿Qué te pasa, Emma?
¿Por qué te ríes?

Emma —¿No te has fijado?
Genoveva tiene la misma cara
que la pastora que da la hora,
la pastora del País de los Relojes.

Marcos también se ríe.

Marcos —¡Es verdad!
Seguro que Genoveva
es la pastora disfrazada.

Emma —No sé, Marcos.
¡Yo creo que tienes
demasiada imaginación!

TE CUENTO QUE CLAUDIA RANUCCI...

Quería dibujar desde muy pequeña.
Su tío hacía trajes de novia
y Claudia le ayudaba a coserlos.
Sus vecinos tenían un taller de madera
y Claudia también les ayudaba.
Con estos trabajos manuales
aprendió que con las manos
podía hacer cosas infinitas.
Desde que se convirtió en mamá,
empezó a coser disfraces a su hija.
Disfraces de hadas y de superhéroes.
Claudia es muy inquieta,
siempre está haciendo algo.

Claudia Ranucci nació en Roma,
pero desde 1997 vive en Madrid.
Claudia estudió ilustración y diseño
en Urbino, Italia. Ahora mismo trabaja
ilustrando libros en España, Inglaterra
y Estados Unidos.

© David Blanco

TE CUENTO QUE ANA ALONSO...

Ana empezó a escribir cuentos y poemas
a los 10 años, y no ha parado desde entonces.
Le gusta imaginarse historias de misterio
y mundos fantásticos,
muy distintos del mundo real.
"Leer es siempre una aventura.
Leyendo visitamos lugares desconocidos,
conocemos a personajes interesantes
y compartimos sus experiencias.
Quiero que cada libro mío
sea un viaje divertido y emocionante
para los niños y niñas que lo leen".

Ana Alonso nació en Tarrasa, Barcelona.
Ha vivido muchos años en León,
y ahora vive en Ciudad Real.
Escribe libros de poesía para mayores
y libros para niños y jóvenes.
Ganó el Premio El Barco de Vapor en el año 2008,
y también otros premios literarios.
Sus libros se han publicado en muchos países.

Si te ha gustado este libro, visita

LITERATURA**SM**•COM

Allí encontrarás:

- Un montón de libros.
- Juegos, páginas descargables y vídeos.
- Concursos, sorteos y propuestas de actividades.

¡Y mucho más!

 Para padres y profesores

- Noticias de actualidad, redes sociales y suscripción al boletín.
- Propuestas de animación a la lectura.
- Fichas de recursos didácticos y actividades.